PFIFFIGE DIAGNOSEN

PFIFFIGE DIAGNOSEN

Illustriert von Gerry

VERLEGT BEI
KAISER

Neuauflage 2000

Berechtigte Ausgabe für die Neuer Kaiser Verlag
Gesellschaft m.b.H., Klagenfurt
mit Genehmigung des Verlages Karl Schwarzer, Purkersdorf

Gestaltung: Volkmar Reiter,
Druck und Bindearbeit: Gorenjski Tisk, Kranj - Slowenien

Abteilungsleiter –

einer, der die Besucher empfängt, damit die anderen Angestellten ungestört arbeiten können.

Schreibtisch –

letzte Ruhestätte mancher Beamter.

Babysitter –

eine Sechzehnjährige, die sich wie eine Erwachsene benimmt, während die Erwachsenen ausgehen, um sich wie Sechzehnjährige zu benehmen.

Star –

ein Mensch, der jahrelang alles getan hat, um berühmt zu werden und sich dann eine dunkle Brille aufsetzt, damit man ihn nicht erkennt.

Zeitungsleser –

Menschen, die soweit erwachsen sind, daß sie am Storch zweifeln, aber jede Ente glauben.

Willensstärke –

die Fähigkeit, nur eine einzige gesalzene Erdnuß zu essen.

Inflation –

ein Zustand, bei dem jeder zuwenig Geld hat, weil alle zuviel haben.

Marktforscher –

Menschen, die tiefgründige Untersuchungen darüber anstellen, warum eine schlechte Zahnpasta nicht gekauft wird, und dann zu dem Schluß kommen, daß die Tube zu wenig sexy ist.

Dame –

eine Frau, die es einem Mann leicht macht, ein Herr zu sein.

Erfolgsmensch –

einer, der hinter einem durch die Drehtür geht und vor einem herauskommt.

Gute Vorsätze –

Schecks, die man auf eine Bank ausstellt, auf der man kein Konto hat.

Kompromiß –

die Kunst, einen Kuchen so zu teilen, daß jeder meint, er habe das größte Stück erhalten.

Mann von Welt –

ein starker junger Mann, der eine schöne Frau hilfreich an der Hand nimmt und sie einem reichen älteren Herrn vorstellt.

Öffentliche Meinung –

der Lärm, der entsteht, wenn die Bretter zusammenschlagen, dic dic Funktionäre vor dem Kopf haben.

Fotomodell –

ein Mädchen, das von allen fixiert wird, weil es besonders gut entwickelt ist.

Pessimist –

ein Optimist – auf dem Heimweg vom Spielkasino.

Salz –

eine Art von Gewürz, das besonders schmackhaft wird, wenn man es sparsam über ein saftiges Steak streut.

Scharfrichter –

der absolut ungeeignetste Beruf für einen, der niemandem etwas abschlagen kann.

Stabilität –

die beruhigende Tatsache, daß der Schilling weiterhin 100 Groschen wert ist, ganz gleich, was man sich dafür kaufen kann.

Supermarkt –

die übersichtlichste Anordnung aller Dinge, die man eigentlich nicht braucht.

Verkehrsunfall –

das Aufeinanderprallen von Gegenständen, von denen einer beweglich ist. Sie entstehen dadurch, daß die Menschen von heute auf den Straßen von gestern mit dem Wagen von morgen das Tempo von übermorgen fahren.

Wasser –

glasklare Flüssigkeit, die schwarz wird, sobald man sie mit kleinen Jungen mischt.

Ideologe –

einer, der tut, was seiner Meinung nach der Herrgott tun würde, wenn er nur Bescheid wüßte.

Aberglaube –

wenn ein vom Ehemann ertappter Liebhaber die Flucht durchs Fenster scheut, weil er sich im 13. Stock befindet.

Abgeklärtheit –

ein Kamm, den dir das
Leben schenkt, nachdem du
die Haare verloren hast.

Schund –

darüber spricht man nicht,
man liest ihn.

Zufall –

das Pseudonym Gottes,
wenn er für ein Ereignis
nicht verantwortlich
zeichnen will.

Schönheitskönigin –

der vollkommene Triumph
der Materie über den Geist.

Schlaflosigkeit –

eine Krankheit, die man
nicht in Spitälern, sondern
in Büros ausheilt.

Takt –

das Gefühl dafür, wie weit
man zu weit gehen darf.

Unmoral –

ein Mythos, den die moralischen Leute erfunden haben, um die seltsame Anziehungskraft der anderen zu erklären.

Akkordeon –

das ungeeignetste Instrument für Oben-ohne-Damenkapellen.

Intellektueller –

einer, der mehr Wörter braucht, als er eigentlich braucht, um mehr zu sagen, als er weiß.

Optimist –

ein Mann, der hört, wie eine Frau sich in einer Telefonzelle verabschiedet, und annimmt, sie werde sofort herauskommen.

Intuition –

der sechste Sinn, der einer
Frau sagt, daß sie recht hat –
egal, ob sie recht hat
oder nicht.

Schlankheitskur –

eine Hungerperiode, auf die
rasch zwei Kilo
Gewichtszunahme folgen.

Amerika –

das Land der unbegrenzten
Möglichkeiten: wo einer
heute Steine klopfen und
morgen hinter dem
Schreibtisch sitzen kann –
wenn ihm das kleinere
Einkommen nichts ausmacht.

Einkommen –

die Provision, die einem der
Staat für die Erbringung der
Steuern zuerkennt.

Liebe –

eine Krankheit. Je später sie kommt, desto schlimmer tritt sie in Erscheinung.

Vergleich –

die Beule, die entsteht, wenn zwei harte Köpfe aufeinanderprallen.

Vierzigstundenwoche –

zeitraubende
Nebenbeschäftigung
für Pfuscher.

Autofriedhof –

letzte Ruhestätte der
geliebtesten Gefährtin
manchen Mannes.

Alimente –

Ratenzahlungen für ein Produkt, das man nie bestellt hat.

Weibchen –

ein menschliches Wesen, das sich anzieht, schwatzt und sich auszieht.

Fortschrittlicher Mensch –

einer, der seiner Zeit vorausgeeilt ist und nun in sehr unbequemen Unterkünften auf sie warten muß.

Direktor –

der einzige Angestellte, der jederzeit fortbleiben kann, ohne vermißt zu werden.

Sportler –

früher ein Mensch, der Sport betrieb, heute bereits jeder, der den Weg vom Haus zur Garage zu Fuß zurücklegt.

Zivilisation –

wenn ein Menschenfresser mit Messer und Gabel ißt.

Mezzie –

die Tatsache, daß man mit der Bundesbahn ohne Preisaufschlag oft um Stunden länger fahren kann, als man gedacht hatte.

Platonische Liebe –

wenn man zum Fensterln keine Leiter finden kann.

Kleinlichkeit –

jene Summe lächerlicher Bedenken, die reiche Leute daran hindert, uns ihr Geld anzuvertrauen.

Sammler –

Leute, die Seltenes zusammentragen, in der Hoffnung, daß es noch seltener wird.

Unterscheidungsmerkmal –

die Deutschen wollen die Welt verbessern – die Österreicher begnügen sich damit, sie mies zu finden.

Kavalier –

ein Mann, der eine Frau solange beschützt, bis er mit ihr allein ist.

Beredsamkeit –

die Kunst, mit hundert Worten das zu verschweigen, was man mit einem einzigen sagen könnte.

Einfaltspinsel –

das Werkzeug mancher moderner Maler.

Geschworene –

sechs Frauen und sechs Männer, die, nachdem sie stundenlang miteinander in ein Zimmer gesperrt wurden, herauskommen und noch die Stirn haben zu sagen: Unschuldig!

Pünktlichkeit –

die Fähigkeit, im voraus abzuschätzen, um wieviel sich der Chef verspäten wird.

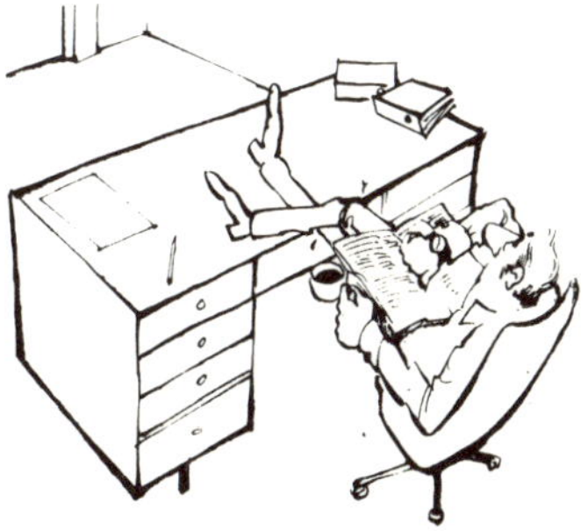

Kluge Frau –

eine Ehefrau, deren Mann glaubt, er sei intelligenter als sie.

Staub –

etwas, woraus Gott die Menschen gemacht hat. Hätte er die Folgen vorausgesehen, hätte er sich wahrscheinlich selber aus dem Staub gemacht.

Kreislauf –

die Tatsache, daß der Mensch die eine Hälfte seines Lebens damit verbringt, die falschen Vorstellungen seiner Vorfahren loszuwerden, und die andere Hälfte damit, seinen Kindern falsche Ansichten beizubringen.

Sehenswürdigkeiten –

Dinge, die man gesehen haben muß, weil die Nachbarin sie gesehen hat.

Manieren –

die Kunst, eine
gutgewachsene Frau zu
beschreiben, ohne dabei
die Hände zu benützen.

Rauchfangkehrer –

Beruf mit den besten
Aufstiegschancen.

Seele –

etwas, was Menschen mit schlechtem Gewissen verkaufen und von dessen Erlös sie mit gutem Gewissen leben.

Kaufleute –

Menschen, die ihre Empfindungen in barem Geld ausdrücken müssen, um zu zeigen, daß sie auch welche haben.

Vermählung –

der häufigste
Scheidungsgrund.

Fernsehen –

eine Einrichtung, die viele
Menschen so hassen, daß sie
den ganzen Abend davor
sitzen und sie wütend
anstarren.

Kapazität –

ein Arzt, der eine Frau von Nervenanfällen befreit, indem er ihr versichert, das seien Alterserscheinungen.

Spendenlisten –

Verzeichnisse von Leuten, die nicht den Mut haben, nein zu sagen.

Feuer –

etwas, was man schon mit zwei Hölzern machen kann – sofern eines davon ein Streichholz ist.

Gefährliches Alter –

wenn einmal die Kerzen mehr kosten als die Geburtstagstorte.

Nachtlokal –

ein Ort, an dem es mehr
Mädchen gibt als Kleider.

Putzfrau –

das einzige menschliche
Lebewesen, das wirklich
noch souverän auf Erden
herrscht.

Mittelalter –

wenn die Haare einer Frau von Grau zu Schwarz wechseln.

Orden –

das bewährteste Mittel, menschliche Eitelkeit mit geringsten Kosten für den Staat zu befriedigen.

Sexbombe –

ein vielfotografiertes, kurvenreiches Mädchen, das der Öffentlichkeit auf den Titelblättern die Brust gibt.

Unterschied –

liegt zwischen Männern und Kindern hauptsächlich im Preis ihrer Spielsachen.

Bett –

eine Liegefläche, die man auch zum Schlafen benützen kann.

Medizin –

eine Wissenschaft, die hohes Ansehen genießt, weil es ihr Ziel ist zu verhindern, daß Menschen eines natürlichen Todes sterben.

Koordinierung –

wenn mehrere gleichzeitig
nichts arbeiten.

Nächstenliebe –

bei Männern häufig
anzutreffende Liebe zur
nächsten Frau.

Glück –

wenn die Frau ihren Kopf verliert und ihn an der Schulter eines Mannes wiederfindet.

Sparsamkeit –

eine Tugend, die es dem Menschen ermöglicht, sich im Alter Dinge zu leisten, die man nur in der Jugend genießen kann.

Bildungsexplosion –

die erstaunliche Tatsache,
daß heute die meisten
Bauarbeiter fließend
Griechisch sprechen.

Bevölkerungsexplosion –

ein Unheil, das man nur
durch Verlängerung der
Sportsendungen im
Fernsehen verhindern kann.

Angeber –

ein Mensch, der
Kreuzworträtsel mit Tinte
löst.

Vermögenskonzentration –

eine Sache, die solange keine
wirklich gefährliche
Verbreitung findet, solange
es noch die drei großen
Verteilerorganisationen gibt:
Finanzamt, Ehefrauen und
Nachkommenschaft.

Automechaniker –

ein Mensch, dessen Alptraum es ist, irgendwo mit völlig ölverschmierten Händen dazustehen – und weit und breit gibt es kein Lenkrad, wo er sich abwischen könnte.

Zentaur –

ein sehr alter Grieche, der dort ein Pferd hat, wo scine Hosen sein sollten.

Finanzämter –

meist besonders häßliche Bauwerke, die jeden Besucher viel Geld kosten.

Krimskrams –

Sachen, die man jahrelang aufhebt, bis man sie endlich wegwirft – eine Woche, bevor man sie braucht.

Alterserscheinung –

wenn man sich darüber beklagt, daß alles nicht mehr so ist wie früher und vergißt, sich selbst dazuzurechnen.

Diplomatie –

die Kunst, einen Hund so lange zu tätscheln, bis der Maulkorb fertig ist.

Schmeichelei –

manchmal Wahrheit und manchmal Lüge, aber immer mit einem hervorragenden Make-up.

Vererbung –

das, woran man glaubt, wenn man ein intelligentes Kind hat.

Gesandte –

Menschen, die man auf Reisen schickt, damit sie zum besten ihres Landes lügen.

Juso –

ein junger Linker, der mit beiden Beinen fest in der Luft steht.

Friedhof –

ein Ort, der voll von Leuten ist, die sich für unentbehrlich hielten.

Gute Ratschläge –

was manche ältere Leute gerne geben, um zu vertuschen, daß sie nicht mehr imstande sind, schlechte Beispiele zu geben.

Auslandshilfe –

wenn Geld, das man nicht hat, für Leute ausgegeben wird, die man nicht kennt, um sich Liebkind bei Leuten zu machen, die einen nicht mögen.

Grünes Licht –

ein ausgezeichnetes Mittel, Fußgänger sicher bis zur Mitte der Fahrbahn zu bringen.

Morgengrauen –

das Gefühl, das einen
überfällt, wenn man sich
frühmorgens im Spiegel sieht.

Negligé –

Kleidungsstück, das von
einer Braut in den
Flitterwochen etwa
11 Sekunden lang getragen
wird.

Hochzeitstag –

ein alljährliches Ereignis, an das die Frauen dadurch erinnert werden, daß die Männer darauf vergessen.

Wandern –

eine Tätigkeit, bei der man leicht in Verdacht kommen kann, kein Auto zu besitzen.

Talent –

etwas, was man nicht nur
mit 25, sondern auch noch
mit 50 haben muß.

Dollar –

ein Zahlungsmittel, das nie
so tief fallen kann wie
manche Leute, damit sie
es bekommen.

Kunststück –

die Fertigkeit, einer Frau in die Arme zu sinken, ohne ihr gleichzeitig in die Hände zu fallen.

Maßliebchen –

Bitte eines Bayern an seine Gattin um einen Krug Bier.

Bescheidenheit –

wenn ein Mädchen einem Mann Herz und Hand bietet, und er nimmt nur das Herz.

Redakteure –

Menschen, die zum Frühstück dicke Schlagzeilen schlürfen.

Erfindung –

Neuheit, der man bei uns solange mißtraut, bis sie aus Amerika wieder zurückkommt.

Großeltern –

das einzige, was so einfach zu handhaben ist, daß ein zweijähriges Kind damit fertig werden kann.

Wetter –

die einzige Institution auf Erden, die wirklich international ist.

Sexualkunde –

das einzige Wissensgebiet, wo ein normalgebildeter Erwachsener von seinen Kindern noch etwas lernen kann.

Defizit –

was man hat, wenn man
weniger hat, als man hätte,
wenn man nichts hat.

Fußgänger –

ein Autofahrer, der gedacht
hatte, in seiner Familie
brauche man keinen
Zweitwagen.

Callgirl –

ein Buch, in dem jeder
lesen kann, der genug
Geld hat, um die Leihgebühr
zu bezahlen.

Beschlagnahme –

Polizeiaktion, die es
Staatsanwälten erspart,
sich Pornohefte selbst zu
kaufen.

Gedächtnisschwund –

die Berufskrankheit der Politiker.

Einsamkeit –

ein Zustand, den man am besten zu zweit genießt.

Märchen –

die Behauptung, daß es einmal eine Zeit gegeben hat, wo Leute, die Schlosserhosen trugen, auch wirklich arbeiteten.

Faulpelz –

ein Mensch, der mit dem Cocktailshaker in der Hand auf das nächste Erdbeben wartet.

Snob –

ein Gentleman, der sich weigert, mit seinem Chauffeur in einem Wagen zu fahren.

Muße –

die Kunst, wirklich nichts zu tun, wenn man nichts zu tun hat.

Nackttänzerin –

eine Dame, die auf Männer besonders anziehend wirkt.

Sohn des Chefs –

ein junger Mann, der morgens in die Firma kommt und sich bis mittags von der Pike auf hochgedient hat.

Büstenhalter –

modisches Accessoir, um das weibliche Selbstbewußtsein und das männliche Interesse hochzuhalten.

Gewissen –

jene leise Stimme, die einem zuflüstert: Diesmal wirst du ganz sicher erwischt.

Sommerfrische –

ein Ort, wo Frauen sich
nach einem Ehemann
umsehen und Ehemänner
nach einem Mädchen.

Journalisten –

Leute, die eine Ente
erfinden und sie einem als
Floh ins Ohr setzen.

Stehlampe –

ein Beleuchtungskörper, der sich nicht fortbewegt.

Wissenschaft –

die verläßlichste Informationsquelle über den gegenwärtigen Stand unseres Nichtwissens.

Dummkopf –

ein Mensch, der auf jede Frage eine Antwort weiß.

Rasenmäher –

Gerät, mit dessen Hilfe man die Wochenenden der Nachbarn weniger monoton gestalten kann.

Ehescheidung –

oft eine Folge von schlechtem Licht! Weil Männer die Frau ihres Lebens häufig bei einer Beleuchtung wählen, bei der sie nicht einmal einen Anzugstoff aussuchen würden.

Tourist –

ein Mensch, der Länder wie Frühstückseier konsumiert – eines am Tag.

Koran –

die heimliche Lektüre
vorausblickender
Tankstellenbesitzer.

Gelegenheitskauf –

etwas, was man absolut nicht
braucht, aber zu einem
Preis, dem man einfach
nicht widerstehen kann.

Ehebruch –

wenn die falschen Leute
das Richtige tun.

Hypochonder –

jemand, der andere Pillen
nimmt als wir.

Schürzenjäger –

männliche Lebewesen, die Frauen so lange nachjagen, bis sie selber erlegt sind.

Gute Autofahrerin –

eine Frau, bei der die Straße zur gleichen Zeit abbiegt wie sie.

Rheumatismus –

die Wettervorhersage des
kleinen Mannes.

Illusionist –

ein Mann, der seine
Sekretärin heiratet, und
dann glaubt, daß er ihr noch
immer diktieren kann.

Kluger Kopf –

einer, der immer auf die Chance vorbereitet ist, die vielleicht nie kommt.

Zuversicht –

wenn ein Mann glaubt, seine Frau könnte seinen zwei Meter breiten Wagen in die drei Meter breite Garage fahren.

Kapitalismus –

eine gute Sache, die nur deshalb so unpopulär ist, weil es so wenig Kapitalisten gibt.

Poulet à la Ferrari –

ein Huhn, das von einem Sportwagen überfahren wurde, bevor es in die Pfanne kam.

Ehemänner –

männliche Wesen, die sich
wie angepflockte Pferde
benehmen: sie grasen mit
Vorliebe an der äußersten
Grenze ihrer
Bewegungsfreiheit.

Krankenzimmer –

ein Raum, in dem sich
die Freunde des Patienten
endlich miteinander
unterhalten können.

Staatshaushalt –

ein Haushalt, in dem fast alles gehalten wird – nur nicht haus.

Trauring –

ein kleiner Gegenstand, welcher der Braut an den Finger gesteckt und dem Bräutigam durch die Nase gezogen wird.

Erinnerung –

das einzige Paradies, aus dem wir nicht vertrieben werden können.

Zwischenbemerkung –

das Äußerste, was ein Mann machen kann, wenn Frauen sich unterhalten.

Krankenkassen –

die Erreger einer neuen
Krankheit – des
Dreitagefiebers.

Urlaub –

die Zeit, in der man nicht
arbeitet, um endlich genug
autofahren zu können.

Fortschritt –

das unablässige Bemühen,
die Dinge, die wir essen,
trinken und anhaben, so gut
zu machen, wie sie früher
einmal waren.

Niederschmetternde Erkenntnis –

der Hund ist der beste
Freund des Menschen.

Familie –

ein Staatswesen, bei dem die Frau der Präsident ist, der Sohn Kriegsminister, die Tochter Außenminister und der Mann das steuerzahlende Volk.

Studienrat –

ein gebildeter Mensch, dem seine Sprachkenntnisse es ermöglichen, Homer zu zitieren, während er in einem griechischen Restaurant verhungert.

Psychologe –

ein Mann, der nicht ein
hübsches Mädchen anschaut,
sondern die Männer, die
das Mädchen anschauen.

Kapitalist –

ein Mensch, der
hauptsächlich in seiner
Freizeit Geld verdient.

Starlet –

ein weibliches Wesen, das die ganze Skala der schauspielerischen Möglichkeiten von A bis B beherrscht.

Dentist –

ein Mann, der uns jederzeit goldene Brücken baut.

Stewardessen –

weibliche Wesen, die deshalb so häufig geheiratet werden, weil die Männer in der Luft besonders anlehnungsbedürftig sind.

Archäologie –

ein Beruf für Menschen, deren Laufbahn in Trümmern liegt.

Kavaliersdelikt –

die Annahme eines Fahrzeuglenkers, daß es bei 100 PS doch auf 1 Promille mehr nicht mehr ankommt.

Triumph der Technik –

früher konnte man nur im gleichen Ort eine falsche Nummer wählen, jetzt kann man es im ganzen Land.

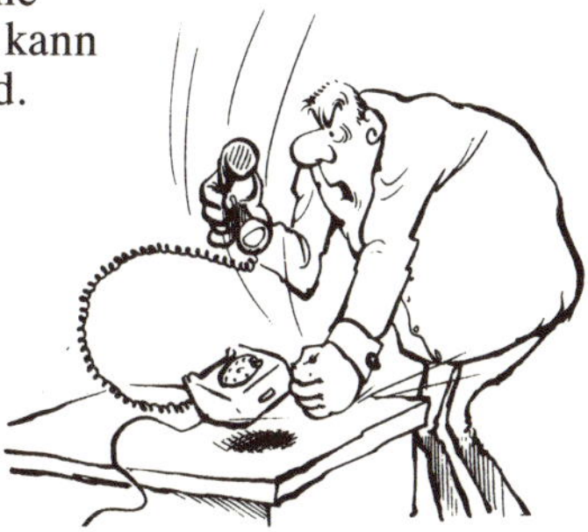

Fluglotse –

ein Mann, der den ganzen Luftverkehr allein dadurch lahmlegen kann, daß er nach Vorschrift arbeitet.

Kinderwagen –

handbetriebenes Fortbewegungsmittel zur Aufzucht künftiger Autofahrer.

Bergsteiger –

Leute, die mit einem Seil aneinandergebunden werden, damit die Klügeren nicht wieder nach Hause gehen können.

Gatte –

die modernste Form der Haushaltshilfe, der oft auch Familienanschluß geboten wird.

Teenager –

junge Leute, die irgendeine Zeitschrift aufschlagen und alle ihre Vermutungen über ihre Eltern bestätigt finden.

Koalition –

ein Schaukelstuhl mit eingebauter Sprengladung.

Temperamentlosigkeit –

eine Eigenschaft, die der Mann immer der Frau nachsagt, die nicht tut, was er will.

Eingebung –

ein Kognak im richtigen Moment.

Taschendieb –

jemand, der seinen Opfern
die Brieftaschen ausräumt –
aber ohne ihnen vorher einen
Steuerbescheid zuzuschicken.

Blue jeans –

der seltene Fall, daß die
Nieten an der richtigen Stelle
sitzen.

Teamwork –

Arbeitsweise, bei der sich jeder darauf verläßt, daß der andere etwas tut.

Ehegatte –

eine Art Vulkan: er raucht ständig, grollt immerzu und man muß dauernd auf eine heftige Eruption gefaßt sein.

Kommunist –

einer, der die Hoffnung aufgegeben hat, ein Kapitalist zu werden.

Alter –

bei den Frauen etwas, wonach man nicht fragt, bei den Männern etwas, das nicht vor Torheit schützt.

Ordnung –

wenn man auf Anhieb weiß, wo man gar nicht erst zu suchen braucht.

Cocktailparty –

ein gesellschaftliches Ereignis, wo Leute herumstehen – mit dem Glas in der einen Hand und einem Messer in der anderen.

Stammbaum –

die einzige Baumart, die manchmal Grund genug hätte, ihre Wurzeln zu verbergen.

Finanzminister –

der frömmste Mann im Staate: Er sorgt dafür, daß man seine Arbeit um Gotteslohn tut.

Puritaner –

ein Mensch, der folgendermaßen bis zehn zählt: eins, zwei, drei, vier, fünf, pfui, sieben, acht, neun, zehn.

Österreicher –

ein Mensch mit zu wenig Vaterlandsliebe, sonst hätte er rot-weiß-rote Blutkörperchen.

Streng vertraulich –

die einzigen Schriftstücke,
die jeder im Büro liest.

Bürokratie –

wenn keine Formulare mehr
erhältlich sind, weil keine
Formulare da sind, um
Formulare zu bestellen.

Flirt –

eine Beschäftigung, der Frauen aus demselben Grund nachgehen, aus dem Sportler trainieren: um in Hochform zu sein, wenn es einmal ernst wird.

Hundertjährige –

Menschen, die entweder ihr Leben lang Alkohol getrunken haben oder ein ganzes Leben lang keinen Tropfen.

Liebesantrag –

ein Weg, korrekte Manieren
mit unkorrekten Absichten
zu verbinden.

Nymphomanie –

Frauenleiden, das die
Befallenen für den
Großteil ihres Lebens ans
Bett fesselt.

Strohwitwer –

ein Mann, der jeden Morgen
aus einer anderen Richtung
ins Büro kommt.

Auto –

ein Fortbewegungsmittel, das
mit einer Mischung von
Treibstoff und Angabe
gefahren wird.

Managerkrankheit –

eine Epidemie, die durch den Uhrzeiger hervorgerufen und durch den Terminkalender übertragen wird.

Studentenbude –

ein Zimmer, das so klein ist, daß, wenn die Sonne hineinscheint, für niemanden mehr Platz darin ist.